LUCAS

TONY BRADMAN   TONY ROSS

OCEANO travesía

Lucas era diferente a los demás.

sus maestros decían

que era el peor niño de toda la escuela.

Siempre llegaba tarde a clase

y su aspecto era un poco desaliñado.

A veces era desvergonzado.

Y no le gustaba hacer lo que le decían.

"Ese chico no llegará lejos en la vida",
decían sus maestros.

Pero Lucas no los escuchaba.

Tampoco escuchaba las lecciones.

Le gustaba mucho leer...

pero no los libros que leían en la escuela.

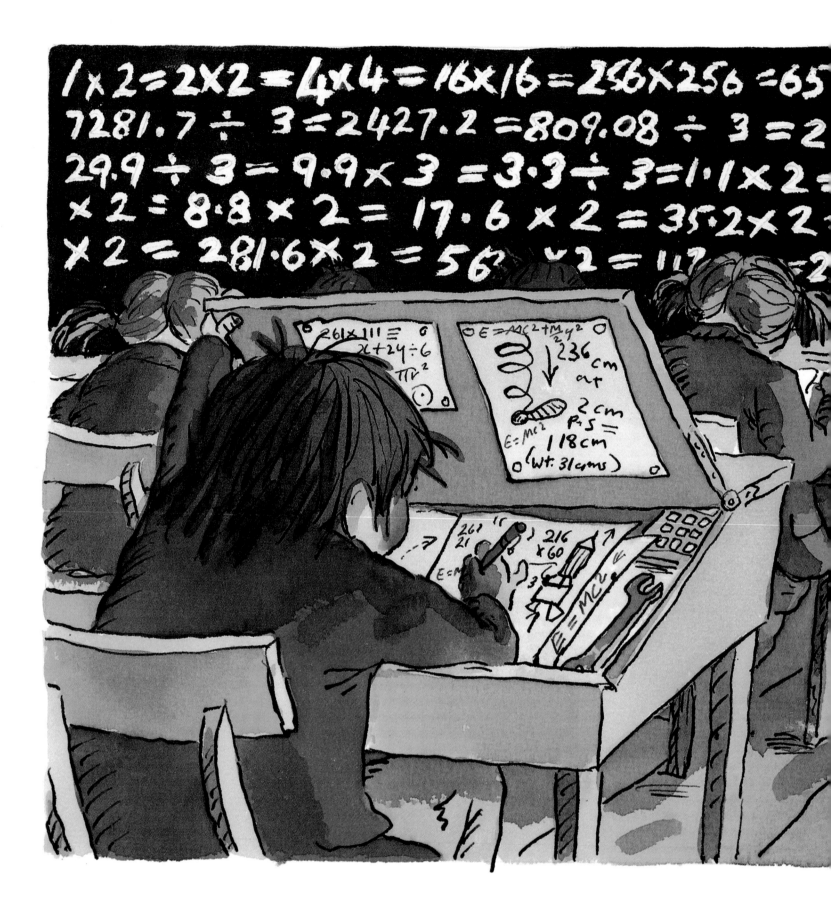

Le gustaban mucho los números...

pero no las sumas que hacían en la escuela.

Le gustaba mucho el arte...

pero no quería pintar como le
enseñaban en la escuela.

Le encantaba la ciencia...

pero no la clase de experimentos
que realizaban en la escuela.

"¡Nos damos por vencidos!" dijeron sus maestros.
"Vámonos de aquí, niños."

A Lucas no le importó. Sabía muy bien
qué se traía entre manos.

"No conseguirá despegar", le dijeron sus maestros.

Lucas sólo respondió: "Diez, nueve,
ocho, siete, seis...

cinco, cuatro, tres, dos, uno..."

"¡Despegue!" Y sus maestros dijeron...

"Siempre supimos que ese chico llegaría muy lejos".